ATIREM-SE AO AR!

ANTÓNIO TORRADO

ATIREM-SE AO AR!

O QUE NUNCA NINGUÉM CONTOU DE UMA VIAGEM HISTÓRICA

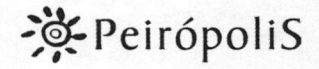

Peirópolis

Para ler esta obra com mais autonomia, consulte os conteúdos complementares acessando o QR code ou <www.editorapeiropolis.com.br/atirem-se-ao-ar>.

Prefácio

A literatura tem visitado a história com bastante frequência e com diferentes intensidades. Aqui está um livro que consegue realizar o que quase todo escritor que anda pelos territórios da ciência histórica deseja: fazer a mágica de transformar nomes que ficaram para a história em gente de verdade, dando a essa gente carne, sangue, ossos, palavras e emoções.

Atirem-se ao ar! é uma peça de teatro encenada pela primeira vez no Funchal, ilha da Madeira. Ter acesso ao seu texto é uma oportunidade de contato direto com a dramaturgia portuguesa contemporânea.

António Torrado é um dos maiores autores para a infância e juventude em Portugal. Por sorte, ele está conosco neste livro, em que nos conta do seu amor pela história e pelos jovens de todos os lugares, a quem deseja dar a conhecer melhor Gago Coutinho e Sacadura Cabral, a dupla de aviadores geniais.

Aqui estão heróis – verdadeiros historicamente – e anti-herói e ajudante – recém-criados por António Torrado. Para os leitores brasileiros, a engraçada dupla de sabotadores lembra as tantas duplas de personagens muito bem-humoradas da literatura em língua portuguesa que, desde *Auto da barca do inferno* até *Auto da compadecida*, se apresentam para ao mesmo tempo divertir, ensinar e fazer pensar.

António Torrado criou em *Atirem-se ao ar!* o vilão por excelência: Hélio Dantas é mau, sabotador, mas também é desastrado e ridículo. Não por acaso o nome da personagem é o mesmo do gás que alimenta os balões e os dirigíveis, porque, no drama que você começará a ler agora, ele acredita firmemente que só os veículos mais leves que o ar seriam realmente capazes de voar.

Sim, os balões e dirigíveis eram e continuam sendo ótimos equipamentos de voo, mas, na visão de Hélio, deveriam ser os únicos... a qualquer preço. Dessa maneira, o vilão concentra em si vários traços do que há de mais atrasado, não apenas relativo à época em que o drama se desenrola, o ano de 1922, mas também aos dias de hoje.

Pelo desejo de ter razão a qualquer custo, ele entra numa luta contra os heróis. Não uma luta aberta e leal, mas velada e desleal. Assim, Hélio vai tentando, pelas costas dos aviadores, sabotar o sonho que era deles, mas também de muitos outros, e que carregava em si a possibilidade revolucionária de mudar a face do transporte humano.

Como costuma acontecer nos processos da vida, que é sábia, também neste drama os vilões causam mais mal a si mesmos do que a seus alvos. E António Torrado faz isso acontecer com o humor maravilhoso que é um dos traços mais marcantes de sua obra.

O ajudante de Hélio, Impedido Patacho, é deliciosamente construído como o assistente de bandido que só apanha (e não aprende). Sua participação na trama garante alguns dos melhores momentos de humor, além de nos fazer refletir sobre os líderes que escolhemos para seguir e as consequências que isso pode ter.

Atrapalhado e pronto para qualquer aventura ao lado de seu ex-comandante, embora se queixe muito e com toda a razão, Impedido Patacho está, ainda assim, mais sintonizado com o mundo do que seu amalucado superior, que, preso ao passado sem realmente refletir sobre ele, quer impedir o triunfo de ideias que contrariem as suas.

A viagem de Gago Coutinho e Sacadura Cabral foi um feito realmente notável, e, neste drama, os aviadores também irão se encontrar com parte do legado literário dos portugueses.

Novamente o leitor brasileiro estará em território familiar, encontrando ecos de *Os Lusíadas* em seus episódios mais conhecidos: o encontro com um Netuno que se parece com Adamastor e o enfrentamento da tentação que vem de sereias que remetem à ilha dos Amores, mas que, "modernamente", se parecem com Beatriz Costa, cantora e atriz de teatro de revista (e depois também do cinema) que encantava Portugal nas décadas de 1920, 1930 e 1940.

As agruras da conquista aérea, cercada de dificuldades técnicas, cumulam os heróis de perigos na travessia sobre o mar, novo desafio que atualiza aquele do início do século XVI, e que tem a sua mesma importância em termos planetários.

Já o vilão, em sua leitura equivocada do passado, tenta imitar o padre Bartolomeu Lourenço de Gusmão, pioneiro na criação de artefatos aéreos. Ao invés da Passarola, que tornou a obra de Gusmão um marco na história da aviação, Hélio constrói o "Passarolo", que funciona sim, mas somente para nos fazer rir.

O Brasil está presente simbolicamente pela menção ao Padre Voador (imortalizado ficcionalmente por José Saramago em *Memorial do convento*), e concretamente pelo destino dos aviadores, que, após muitas aventuras, chegam ao Rio de Janeiro.

As indicações cênicas deixadas por António Torrado nos mostram seu amor por nosso país, seu povo e suas manifestações culturais.

Espero que você passe momentos inesquecíveis com este livro!

Susana Ventura
Professora de Literaturas de Língua Portuguesa e leitora apaixonada.

Apresentação da peça

As viagens que, com todo o conforto e tranquilidade, hoje se fazem, sobrevoando continentes e oceanos, eram, no princípio do século XX, aventuras extraordinárias. Na conquista do espaço aéreo também Portugal teve os seus heróis.

Em 1922, Gago Coutinho e Sacadura Cabral, aos comandos de um modesto hidroavião, realizaram a primeira travessia aérea entre a Europa e a América do Sul, feito este que lhes garantiu para sempre um lugar de honra na história da aviação.

Mas até ao êxito final, muitos contratempos tiveram de ultrapassar. A peça revelará à sua maneira (isto é, pelos caminhos da fantasia…) qual a razão de tantos percalços. Um obscuro Dr. Hélio Dantas (personagem inteiramente inventada!) terá sido o responsável pelos sucessivos desaires, esses verdadeiros, que por pouco não puseram em risco o sucesso da aventura.

O que moverá o Dr. Hélio contra os nossos heroicos aviadores? Para responder a esta e a outras perguntas recomenda-se, para já, a leitura, nas páginas seguintes, do Perfil das principais personagens. Depois espera-se que o leitor, mais acompanhado e familiarizado, tire ainda melhor partido da peça que a seguir vai ler.
Boa leitura!

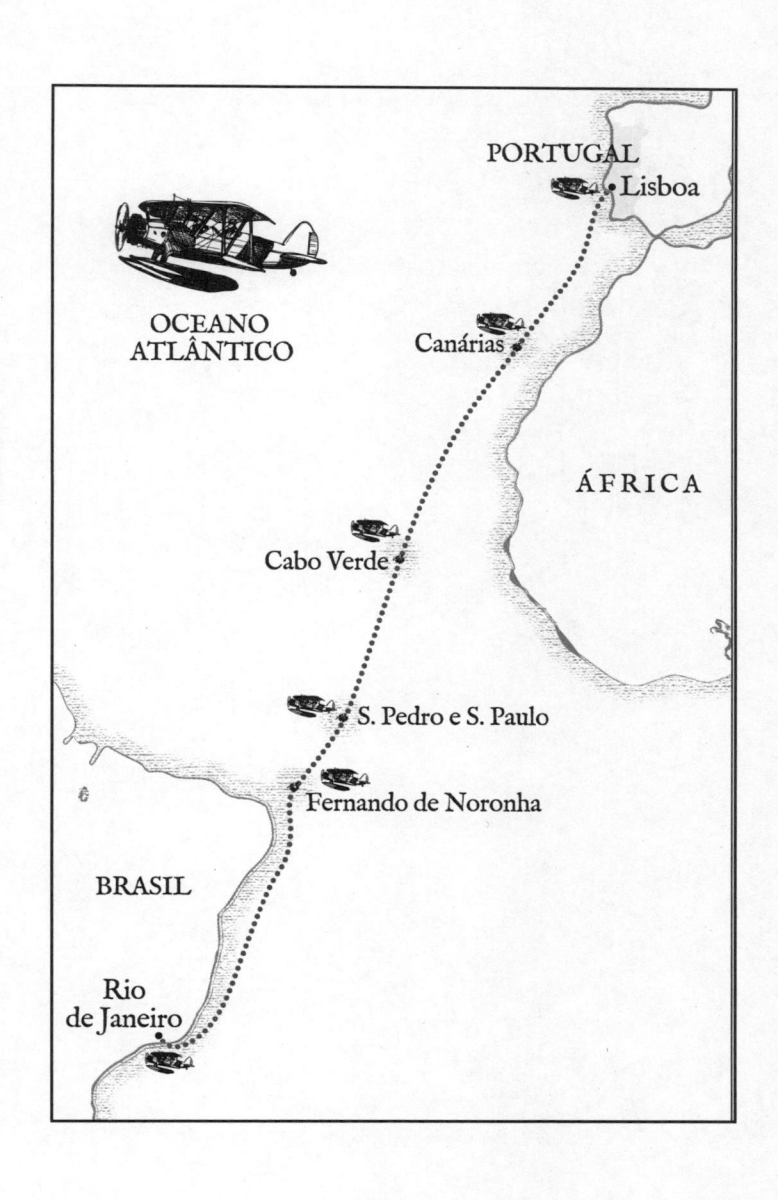
PORTUGAL
Lisboa
OCEANO
ATLÂNTICO
Canárias
ÁFRICA
Cabo Verde
S. Pedro e S. Paulo
Fernando de Noronha
BRASIL
Rio
de Janeiro

Perfil das
principais personagens

Dr. Hélio Dantas (engenheiro)

Major da extinta Companhia de Aeróstatos – Balões e Dirigíveis, criada em Portugal em 1911 e desativada poucos anos depois, em consequência da rápida evolução da aviação que, durante e depois da Primeira Guerra Mundial, provou a sua superioridade técnica em relação aos mais leves do que o ar.
    O Dr. Hélio mantém-se fiel aos balões, em que é fanaticamente versado, embora por caminhos científicos um tanto singulares. Do seu ponto de vista, os progressos da aviação é que a condenarão ao malogro. "Cada vez mais pesados, cada vez mais rápidos... um dia caem e nunca mais se levantam." Nessa altura, ele, Dr. Hélio, sobre as ruínas da aviação, colherá os louros todos e avançará com seu Passarolo para uma nova era da conquista do espaço...

É tudo uma questão de tempo. Podendo, sempre que oportuno, dar uma mãozinha sabotadora para que a História venha a infletir a seu favor e à medida dos seus desejos, tanto melhor.

Não tem escrúpulos. Está movido, como fanático que é, por uma única ideia: há uma lei indiscutível que rege o Universo – a lei da gravidade. A aviação contraria essa lei e o bom senso e a vontade da Natureza. É, portanto, uma atividade contranatura que tem de ser eliminada.

Como todas as personagens irremediavelmente derrotadas pela História, mas que continuam a marrar no mesmo sentido, tem um lado patético. Para o final da peça levaremos o público a um certo compadecimento.

Impedido Patacho

Apêndice e assistente do Dr. Hélio. Bronco, mo-ve-se por reações primárias, entre as quais o medo aos superiores. Preso à antiga disciplina militar, que o mantém serventuário do ex-major, queixa-se, mas obedece.

Apesar de possuir o sentido de sobrevivência popular, é sempre ele o mais atingido por todos os erros cometidos pelo patrão. Lá mais para o fim vai rebelar-se, não por um rebate de consciência, mas por estar farto de ser sempre a vítima principal.

SACADURA

Artur Sacadura Cabral tem 41 anos em 1922, mas aparenta ser mais novo. Capitão-tenente da Marinha. "Caráter firme, homem desassombrado, dotado de um espírito empreendedor, piloto hábil, sereno e corajoso" (*Dicionário da História de Portugal*, organizado por Joel Serrão).
 Herói romântico. Vamos torná-lo mais arrebatado e apaixonado, para acentuar o contraste com Gago Coutinho.
 Tem um problema que oculta e procura superar. É um fato histórico que, um ano depois do *raid* Portugal–Brasil, a Junta de Saúde Naval o proibiu de voar, devido à sua falta de vista. Ele não renunciou. Morreu em 1924, num desastre aéreo que foi atribuído por alguns comentadores ao seu défice visual. Na peça, vamos pô-lo a ressentir-se dos primeiros sintomas da sua visão deficiente.

Gago Coutinho

Carlos Gago Coutinho tem 53 anos em 1922, mas vamos fazê-lo mais novo. É um cientista. Geógrafo e com trabalhos geodésicos por toda a África de administração portuguesa (em Moçambique, em 1909, conheceu Sacadura Cabral, ponto inicial de uma amizade cimentada por uma carreira naval comum).

É um homem sensato e metódico, com breves alheamentos de sábio. Atitude entre paternal e de irmão mais velho para com Sacadura. A sua única diretriz é comprovar a eficácia da sua invenção do sextante ou teodolito (até então a navegação aérea fazia-se apenas apoiada pela bússola) e das suas tábuas de navegação. Nisso diverge de Sacadura, o piloto e aventureiro, para quem o essencial é ser o primeiro na travessia aérea.

Para Gago Coutinho, a chegada ao Brasil é o menos, desde que o seu sextante prove ser o instrumento ideal de orientação.

Outro motivo de fricção entre ambos é a disputa surda dos favores de Beatriz. O conflito, que nunca tomará grandes proporções, apaga-se quando a glória do feito contempla ambos por igual.

Gago Coutinho é o primeiro a descobrir a falta de vista que o seu companheiro de viagem procura ocultar. Vai repreendê-lo mansamente e Sacadura vai enervar-se.

Ambos são personagens sempre encaradas pela positiva, em que até os defeitos são defeitos de heróis.

BEATRIZ

É Beatriz Costa, em jovem e início de carreira. Nunca será referido o apelido. Tudo, inclusive a ligação amorosa, terá um tratamento de subentendidos, o que é mais difícil numa peça para jovens, mas se tentará.

Para provocar, na peça, coincidências, que só vieram a ocorrer posteriormente ao *raid* aéreo, houve necessidade de subverter algumas datas. De fato, Beatriz, em 1922, teria pouco mais de 15 anos e só no ano seguinte subiu ao palco. A revista *Ditosa Pátria*, êxito no Teatro da Trindade, é de 1925, mas para se adequar à nossa história passa a ser de 1921/22.

Toda essa leve teia de conveniências e faz-de--contas é aqui explicada e justificada para prevenir a devassa miudinha dos caçadores de contradições históricas.

Toda a história da viagem aérea, causa e pretexto da peça, será glosada com a máxima liberalidade. "Qualquer semelhança com situações da vida real..."

1.º Ato

Cena 1

Antes do levantar do pano, zumbido de hélices. Música heroica. Grito do Dr. Hélio.

Hélio

Estamos a ganhar altitude. Força, Patacho! Força!

Zumbido mais forte das hélices. Primeiras dissonâncias sonoras e distorções musicais. Pano a abrir, lentamente.

Hélio

Não desistas, Patacho! Dá-lhe com força. Força!

Pano aberto. Integrados numa vaga barquinha de balão com abertura para rodado de bicicleta-tandem, dois ciclistas pedalando, suspensos no ar, de costas um para o outro (volantes simétricos). Dr. Hélio de um lado. Patacho, o criado e ex-impedido, do outro. Patacho de capacete na cabeça. A barquinha-bicicleta está presa ao bojo de uma espécie de dirigível de que apenas se divisará o redondo inferior da estrutura. Hélices rodando. Tudo muito excêntrico.

Os ciclistas balançam no ar, mas progridem pouco. Dá ideia de que o complexo jogo de hélices se destina mais a mantê-los no ar do que a fazê-los avançar. Cada ciclista pedala para seu lado, equilibrando a barquinha.

PATACHO

Major, eu estou a dar-lhe. Ai!

HÉLIO

O que é que foi?

PATACHO

Uma breca…

Hélio

Uma quê?

Patacho

Uma breca... Uma cãibra... Na perna. Dói tanto!

Tempo. Hélio continua a pedalar. Patacho para de pedalar. A barquinha desequilibra-se. Começa gradualmente a perder altura.

Hélio

Continua...

Patacho

A cãibra? Muito agradecido pelo interesse, meu major. A cãibra continua.

Hélio

Não é isso, idiota. Continua, continua a pedalar.

PATACHO

(*Numa lamúria.*) Mas dói-me a barriga...

HÉLIO

Já são dores a mais. Há bocado era a perna. Agora, a barriga...

PATACHO

(*Lamurioso.*) É a mesma dor. Só me dói a barriga... da perna.

HÉLIO

Então se só te dói a barriga da perna, pedala e cala.

PATACHO

Sim, meu major.

HÉLIO

Caramba! Chega de major.

PATACHO

Sim, meu major.

HÉLIO

(*Indignado*.) Chega! É que eu estou farto de te recomendar: "Não me trates por major." Já fui. Já não sou. Trata-me por engenheiro. E dá à perna. Não pares.

PATACHO

(*Lamurioso*.) Mas dói-me a barriga da perna…

HÉLIO

Estamos a perder altitude. Larga lastro.

Patacho desprende um saco de areia da engenhoca voadora.

Hélio

Continuamos a perder altitude. Larga mais lastro.

Patacho

Acabou-se, meu ex-major.

Hélio

O que é que fizeste dos outros sacos?

Patacho

(*Lamurioso.*) Meu ex-major e senhor engenheiro doutor, os outros sacos caíram.

Hélio

Maldição! Não deixes de pedalar, bruto.

Patacho

Dói-me muito a perna...

Hélio

E ainda vai doer-te mais, quando a partires. Imbecil. Não vês que por este andar vamos despenhar-nos no solo?

Patacho

Minha mãezinha.

Hélio

Larga a âncora, Patacho. A âncora.

Patacho

Toda?

Hélio

Segura. Segura a âncora.

Patacho

Largo ou seguro?

HÉLIO

Larga.

Patacho larga a âncora com corda e tudo.

HÉLIO

Prende a âncora à copa de uma árvore e dá-me a outra ponta da corda.

PATACHO

Já não chego lá.

HÉLIO

Lá, aonde?

PATACHO

À outra ponta da corda...

A caranguejola voadora está cada vez mais desasada.

HÉLIO

Raios! Estamos a cair. Dá-me o capacete. E põe o teu.

PATACHO

Já pus.

HÉLIO

Dá-me o meu capacete.

PATACHO

O capacete do meu ex-major ia dentro do saco que eu larguei.

HÉLIO

Então dá-me o teu capacete.

PATACHO

Não dou.

####### HÉLIO

Dá cá. Sou eu que mando.

####### PATACHO

Não dou.

####### HÉLIO

Dá.

####### PATACHO

Não.

####### HÉLIO

Tens de me obedecer. Sou o teu major.

####### PATACHO

Já não é. Já não é. O senhor agora é engenheiro.

HÉLIO

(*Arrancando-lhe o capacete.*) Dá cá isso.

PATACHO

(*Deitando as mãos à cabeça, desprotegido.*) Não se rouba assim um capacete… E, agora eu?

HÉLIO

Tens a cabeça dura. Podes bem. E faz-te leve, leve, leve…

PATACHO

Aaaiii! (*Longo ai.*)

Prolongamento em eco do "leve" e do "ai!". Caem para lá do palco.

Cena 2

Num salão, ambiente de conferência científica. Público e, atrás de mesa ou banca alta de conferencista, o Apresentador. Painel grande para expor mapas e desenhos.

Apresentador

Senhoras e senhores, distintíssimo público, o conferencista que tenho o prazer de anunciar é um dos mais ilustres pioneiros da aventura que está a entusiasmar o nosso século – a conquista dos ares. (*Pausa solene.*) Poucos haverá capazes de dizer como ele: "O ar que respiro, o ar que me enche os pulmões é meu, pertence-me, porque já antes o conquistei com a minha coragem." Também os nossos antigos marinheiros, acometidos pelas ondas do alto-mar, podiam dizer: "A água que engolimos é nossa, pertence-nos (*bebendo, solenemente, um copo de água*), porque já antes a conquistamos com a nossa valentia."

Vozes do público

Muito bem!

Bravo!

Assim é que é falar! Apoiado! Apoiado!

Algumas palmas.

Apresentador

(*Agradecendo sobriamente.*) Distintíssimo público, o conferencista que tenho o prazer e a honra de anunciar foi, em 1911, fundador da gloriosa Companhia de Aeróstatos – Balões e Dirigíveis, extinta nesse mesmo ano de 1911, por falta de recursos... Mas julgam que, dez anos passados sobre essa infeliz decisão, o nosso ilustre conferencista se resignou e desistiu? Nem pensar! Sujeitando-se a riscos e sacrifícios sem conta, continuou, sozinho, a desafiar o ar por cima das nossas cabeças. Sozinho, meus senhores, sozinho.

VOZES DO PÚBLICO

Apoiado!

APRESENTADOR

(*Desmentindo.*) Perdão. Sozinho.

VOZES DO PÚBLICO

Apoiado! Apoiado!

APRESENTADOR

(*Encolhendo os ombros.*) Senhoras e senhores, distintíssimo público, sem mais delongas apresento-vos o orador da noite. (*Triunfal.*) O Major Doutor Engenheiro Hélio Dantas.

Só agora se tornará visível o Dr. Hélio, de ombro e braço gessados e com algumas escoriações na cara.

HÉLIO

(*Subindo ao estrado e dirigindo-se ao Apresentador.*) Major, não. Fui mas já não sou.

APRESENTADOR

(*Para o público.*) Perdão. O Doutor Engenheiro Hélio Dantas, um sábio aéreo...

HÉLIO

Aéreo, não. Aerostático.

APRESENTADOR

Perdão. Um sábio aerostático e um valente. (*Dando-lhe uma palmada no ombro engessado.*) Desta massa, senhoras e senhores, desta massa é que se fazem os heróis.

HÉLIO

(*Furtando-se.*) Veja lá se me parte o gesso.

O Apresentador recua e dá lugar ao Dr. Hélio.

HÉLIO

(*Em atitude de orador.*) Senhoras e senhores, dando início à minha conferência, aqui proclamo uma afirmação decisiva: o homem nunca conseguirá voar.

Resmungos, protestos e agitação do público.

HÉLIO

Não conseguirá voar, mas conseguirá fazer de conta que voa.

Resmungos do público a decrescerem.

HÉLIO

O homem teve sempre a ambição de fugir da terra. E fugir para onde? Para cima, cavalgando o ar, suspendendo-se do ar, fazendo-se leve, leve, leve...

VOZES DO PÚBLICO

Muito bem.

HÉLIO

(*Exibindo e apontando um diagrama que passa a expor no painel – diagrama com setas para baixo e para cima.*) Para vencer a lei da gravidade, o único recurso é, senhoras e senhores, o veículo aéreo mais leve do que o ar. (*Exibindo desenho correspondente no painel.*) Desde a Passarola, inventada pelo português Bartolomeu de Gusmão (*exibindo desenho correspondente*), que os balões são o único modo sensato de o homem soltar os pés do chão.

VOZES DO PÚBLICO

E os aviões?

HÉLIO

(*Serenamente superior.*) São mais pesados do que o ar. Caem.

VOZES DO PÚBLICO

Mas têm voado...

HÉLIO

Ingenuidade sua, meu caro senhor. Os aviões e hidroaviões não têm voado. Têm, quando muito, sido atirados ao ar, como eu posso atirar uma pedra, uma seta, uma bola... Mas, mais tarde ou mais cedo, acabam sempre por cair. E sabe por que, meu caro senhor? Porque são mais pesados do que o ar.

Vozes do público

Em todo o caso, nos últimos anos, a aviação tem progredido muito...

Hélio

Aparentemente, meu caro senhor. Aparentemente. O progresso da aviação há de ser a sua ruína. Cada vez mais rápidos, cada vez mais pesados... um dia caem e nunca mais se levantam. (*Empolgamento lírico e, eventualmente, exibindo um muito ficcionado e futurista desenho correspondente.*) Ao passo que os balões, esses sim, hão de progredir e, cada vez mais leves, cada vez maiores, hão de vogar pelos ares fora, como navios, como transatlânticos, suspensos, deslizantes, silenciosos, através das nuvens.

Vozes do público

Muito bem!
Bravo!
Que beleza!

Hélio

O futuro, meus amigos, o futuro está nos balões.

Vozes do público

Bravo! Bravo! (*Palmas.*)

Hélio

E, de aqui a uns anos, o que nós nos vamos rir do tempo em que havia uns aparelhos ridículos, uma espécie de gafanhotos barulhentos, que eram atirados ao ar como quem atira foguetes de canas… Pfff! Pum! Pum! Pum! e… (*Gesto da queda do foguete.*) Tsche… sem se saber onde iam cair. (*Expõe desenho um pouco caricatura de um avião da época.*) Como é que coisas destas poderão, algum dia, percorrer grandes distâncias?

Vozes do público

Mas o Santos Dumond? E o Bleriot? E o Alcock e o Brown que voaram da Terra Nova à...?

Hélio

(*Cortando e superior.*) Artistas de circo, meu caro senhor. Aventureiros. Desesperados. Esses pilotos malucos dos aviões e dos hidroaviões são capazes de tudo para chamar a atenção sobre eles. (*Com desdém.*) Aviadores... Voadores... Como as galinhas.

Alguns resmungos e surdos protestos do público.

Vozes do público

Eles arriscam muito...

Hélio

E eu não arrisco? Mas arrisco cientificamente, com toda a razão do meu lado. E para provar a eficácia das minhas propostas vou erguer aos ares este aparelho que tenho vindo sucessivamente a aperfeiçoar.

(*Exibindo o desenho do dirigível-balão da cena 1, mas mais aerodinâmico e talvez dotado de um pelotão de ciclistas suspensos e pedalantes, como galereanos.*) É o meu Passarolo.

Algum entusiasmo no público.

HÉLIO

Nele irei, dentro de alguns meses... dentro de poucos meses... sobrevoar os mares até a nossa maravilhosa ilha da Madeira.

Onda de entusiasmo do público.

VOZES DO PÚBLICO

Ah, valente!
Viva o Doutor Hélio!
Viva!
Viva o Doutor Hélio!
Viva!

Entra um entusiasta com um jornal na mão.

Entusiasta

Oiçam todos esta notícia fantástica. O Gago Coutinho e o Sacadura Cabral chegaram à Madeira. De hidroavião.

Hélio

Não é possível.

Entusiasta

É. Vem aqui. (*Lendo o jornal*). "Este voo aéreo de sete horas e quarenta minutos veio provar aos dois gloriosos aviadores que estão reunidas todas as condições técnicas e científicas para que possam empreender, em breve, a primeira viagem Portugal–Brasil, sobrevoando o Atlântico Sul.

O público larga o Dr. Hélio e começa a sair em apoteose.

Vozes do público

Viva o Gago Coutinho!
Viva!

Viva o Sacadura Cabral!
Viva!
Viva a aviação portuguesa!
Viva!
Viva Portugal!
Viva!

Saída do público, deixando sozinho o desolado Dr. Hélio. Ao fundo, fica só o assistente Patacho, agora visível depois da saída do público. Está todo engessado. Cabeça com "turbante" hospitalar.
Patacho prepara-se também para sair, atrás dos outros.

Hélio
Para onde é que vais, Patacho?

Patacho
(*Ingênuo.*) Para a manifestação ao Gago Coutinho e ao Sacadura Cabral...

HÉLIO

Eu ainda não acabei a conferência.

PATACHO

Ai, não? Julgava...

HÉLIO

Todas as conferências acabam com palmas. Bate tu palmas.

PATACHO

(*Mostrando os braços engessados.*) Como é que eu posso?

HÉLIO

Então vai saber do primeiro transporte para a Madeira. Temos de lá chegar o quanto antes.

PATACHO

De comboio?

HÉLIO

De barco, idiota. Temos de tomar o primeiro navio para a Madeira.

PATACHO

Eu enjoo…

HÉLIO

Despacha-te. O nosso futuro está à espera.

PATACHO

Ai, está?

HÉLIO

(*Ameaçador.*) Uma coisa te garanto: eles foram de hidroavião, pois foram. Mas já não voltam.

Cena 3

Persistente picado de Morse. De algures começa a sair larguíssima fita picada. Um jornalista, em mangas de camisa, pala sobre a testa e mangas de alpaca começa a decifrar.

Jornalista

(*Em tom telegráfico.*) Tudo se apronta regresso gloriosos aviadores a Lisboa. População arquipélago da Madeira, em alvoroço, despede-se, festejando o feito com largada fogo artifício. Condições atmosféricas ótimas para viagem regresso. Hidroavião descolará ao alvorecer. Mar calmo.

Cena 4

Bote sobre o mar. Nele vêm Dr. Hélio, já sem gesso no braço, e Patacho com os dois braços em gesso. Patacho tem remos aplicados ao gesso dos braços. Só ele rema. Dr. Hélio de binóculos assestados para longe. Luz de madrugada.

Hélio

O mar está calmo. Rema. Rema sempre.

Patacho

Apetecia-me descansar só um bocadinho…

Hélio

Nem sonhes! Nós temos de nos afastar do hidroavião. Não podemos ser vistos.

Patacho

(*Numa lamúria.*) Estou tão enjoado...

Hélio

E eu estou farto dessa chiadeira: "Estou enjoado... Estou enjoado..."

Patacho

Mas se eu estou...

Hélio

Que, agora, neste bote mal-enjorcado, sintas uma ligeira náusea, vá que vá. Mas – que diabo! – o vapor que nos trouxe à Madeira quase não balançava.

PATACHO

É do ar do mar, meu ex-major. Eu não suporto o ar do mar.

HÉLIO

Tapa o nariz.

PATACHO

Como? Com quê? (*Mostrando os braços presos aos remos.*)

Hélio aperta o nariz de Patacho. Com a outra mão assesta os binóculos.

HÉLIO

Já estão a aquecer os motores... (*Para Patacho.*) Rema. Rema. Força nesses braços.

PATACHO

(*Fanhoso.*) Quase não consigo respirar.

Dr. Hélio larga-lhe o nariz e concentra a atenção nos binóculos.

Hélio

Olha as hélices a trabalhar, cada vez mais depressa.

Patacho

O meu ex-major, de uma coisa daquelas é que nós (*onomatopeia de velocidade*) zzztte... Presa à popa. Íamos na esgalha.

Hélio

Pois sim, mas, durante a noite, como é que nos tínhamos chegado ao hidroavião? (*Malicioso.*) Os remos não fazem barulho...

Patacho

Mas fazem doer os braços.

HÉLIO

Rema. Rema. (*De binóculo apontado, para longe.*) Está quase.

PATACHO

(*Olhando em volta, intrigado.*) Está quase? Não vejo terra.

HÉLIO

(*Mefistofélico.*) Está quase... aquilo!

PATACHO

(*Sinais de temor.*) Ah! (*Remando com mais velocidade.*)

HÉLIO

Para de remar! (*Patacho continua a remar.*) Para! Chega!

PATACHO

Agora estava-me a apetecer, meu ex-major. E... e para fugirmos... daquilo. (*Faz um gesto mais largo e precipitado e quase derruba, com o remo, o Dr. Hélio.*)

HÉLIO

Vê o que fazes. Tu ias-me deitando ao mar.

PATACHO

(*Embaraçado.*) Desculpe, meu ex-major. Era sem crer.

HÉLIO

(*De binóculos, entusiasmado.*) Quero ver tudo, tudo. Não posso perder pitada. Eu vim de propósito à Madeira para assistir a este espetáculo.

Por parte de Patacho devem ser evidentes os arrepios de alma e o constrangimento moral pelo que vai e está a suceder, à medida que o Dr. Hélio vai relatando o que alcança do binóculo.

Hélio

A mosca está a zumbir. Vai levantar voo. Primeiros sinais de fumo. (*Riso.*) Não levantou. (*Relato quase cantado.*) A mosca vai de esguelha. Toda inclinada, um dos flutuadores bate nas ondas. Dá rombo. É agora! É agora! Mais fumo. Ainda não. Muito fumo. Agora é que vai ser! Já não consigo ver o hidroavião. Mas vai rebentar! Vai rebentar! (*Pausa.*) Então? Rebenta ou não rebenta?

Tempo. Indignação gestual do Dr. Hélio. Silêncio... Clarão e ruído correspondente, ao longe. Segue-se o incêndio.

Hélio

(*Exultante.*) Que espetáculo! Deste fogo de artifício gosto eu.

Patacho

(*Arrepiado.*) Pudera. Metemos uma caixa dele num dos flutuadores. (*Apiedado.*) Mas eles salvaram-se, não se salvaram?

HÉLIO

Quero lá saber. Está visto que estes besouros metálicos não funcionam. São pesados. Caem. Rebentam.

PATACHO

E os que iam lá dentro, que lhes sucedeu?

HÉLIO

(*Numa grande excitação.*) Só os mais leves que o ar é que vão ter sucesso, na conquista dos ares. (*Dá pulos.*) Os mais leves, os mais leves…

PATACHO

Mas o meu ex-major é pesado. Não estremeça assim o barco.

HÉLIO

Com o meu Passarolo vou passar-lhes à frente. (*Mais pulos.*)

PATACHO

(*Ansioso.*) E eles, os homens, onde é que estão? Salvaram-se? Veja pelo binóculo.

HÉLIO

Se estás tão interessado, vê tu. (*Dando-lhe o binóculo.*)

PATACHO

Não tenho com que agarrar.

HÉLIO

És um incompetente. (*Dá-lhe um violento empurrão que o deita borda fora.*)

Patacho já não será visível. O barco encobre-o.

PATACHO

Socorro, meu ex-major! Estou-me a desfazer.

Hélio

Não estás nada. É só o gesso. (*Debruçando-se.*) Dá cá a mão.

Mão branca assoma à borda do bote. Palpitações do incêndio, ao longe.

Patacho

(*Choroso.*) Eu não queria que isto acabasse assim.

Hélio

Nem acaba. Mal começou.

Dr. Hélio puxa Patacho para bordo.

Patacho

Não puxe com tanta força, meu ex-major. Ai que estou, outra vez, todo partido.

HÉLIO

Não tem importância. Volta a colar-se.

PATACHO

(*Prolongado.*) Ai!

Cena 5

Em espaço eventualmente idêntico ao da Cena 2. Ambiente de conferência de imprensa. Na mesa estão Gago Coutinho, com a farda da Marinha de capitão-de-fragata, e Sacadura Cabral, com a farda de capitão-tenente. Gago Coutinho, sentado e discreto. Sacadura, em pé, expansivo, no uso da palavra. O comportamento de Sacadura é o de um otimista jovial e apaixonado, um entusiasta permanente, mas sem bazófia. Mais reservado e prudente o de Gago Coutinho. No meio dos jornalistas, aparecerá, disfarçado de longas barbas, o Dr. Hélio. Ambiente caloroso da audiência.

SACADURA

Foi um acidente, um insignificante acidente de que saímos sem uma única chamuscadela. Nós estamos preparados para isso e para muito mais, não é verdade, meu caro Gago Coutinho?

Mudo assentimento, não muito convicto, de Gago Coutinho.

SACADURA

Os navegadores de antigamente também enfrentaram perigos imprevisíveis e venceram-nos. Ora, como nós não perdemos o espírito de aventura dos nossos antepassados e ainda para mais contamos com os modernos equipamentos do nosso século, que devemos concluir? Que, ao pé deles, nós somos uns turistas, uns lordes em passeio... não é verdade, meu caro Gago Coutinho?

Assentimento polido, mas contrariado, de Gago Coutinho.

SACADURA

Façam o favor de escrever, senhores jornalistas, para tranquilidade dos vossos leitores: o capitão-tenente Sacadura Cabral garantiu que o primeiro *raid* Portugal–Brasil vai ser pouco mais do que uma viagem de cruzeiro.

Discordância muda de Gago Coutinho. Adianta-se Dr. Hélio, disfarçado de jornalista.

HÉLIO

Tudo isso soa muito bem, mas a verdade é que os hidroaviões ou lá o que são custam dinheiro ao Estado... E caem... E incendeiam-se... Aos senhores não vos mete impressão que estejam a disbaratar os dinheiros públicos com aventuras de improvável êxito?

SACADURA

(*Colérico.*) Improvável êxito?! Oiça lá, seu sevandija...

Gago Coutinho contém-no.

GAGO

É um jornalista, Sacadura. Fez apenas uma pergunta...

SACADURA

Mas nuns termos... (*Recompondo-se.*) Asseguro-lhe, senhor jornalista, que a nossa missão poderá conter riscos, mas riscos calculados. Foi precisamente para lhes fazer frente que formamos equipa. Perdoe a imodéstia de um piloto com muitas horas de voo, mas nós temos a nosso favor a competência técnica (*apontando para si próprio*), aliada à competência científica (*apontando para Gago Goutinho*).

Hélio

(*Provocador.*) Então os senhores, ao contrário do que para aí consta, não vão às escuras?

Sacadura

Às escuras? Ai, este gajo vai levar uma estalada.

Gago

(*Detendo-o.*) Dá desconto. É jornalista. É intrometido. Arruma-o com uma resposta e pronto.

Sacadura

Então responde tu.

GAGO

Tínhamos combinado que tu é que falavas.

HÉLIO

(*Chocarreiro, comentando à sua volta.*) Ainda não levantaram voo e já não se entendem.

GAGO

(*Um pouco fora de si.*) Vossa Excelência, senhor jornalista, acho que está a ser um bocado impertinente.

SACADURA

Atira-lhe com o sextante à cabeça.

GAGO

(*Nervosamente.*) O senhor jornalista disse que íamos "às escuras". Pois acertou. Vamos! Vamos às escuras! E com a mesma tranquilidade e com a mesma segurança, como se fôssemos de dia.

HÉLIO

(*Comentário jocoso, para os lados.*) Vão de olhos vendados tal como os acrobatas no arame... Entendo.

GAGO

(*Mais nervoso e a exaltar-se.*) De olhos bem abertos, senhor jornalista. (*Pondo o sextante sobre a mesa.*) Graças a este aparelho, um novo sextante, vamos poder orientar-nos, no mar, em plena noite, e seguir a rota marcada, sem nos enganarmos. O senhor jornalista percebeu?

HÉLIO

(*Com desdém.*) Mas isso é o velho sextante, usado na Marinha. No ar não serve.

SACADURA

Adaptado pelo capitão-de-fragata Gago Coutinho às novas condições passa a servir. É invenção dele. Um grande invento!

Dr. Hélio encolhe os ombros, ostensivamente.

GAGO

Com terra à vista, os aviadores orientam-se pelas estradas, pelos acidentes do terreno, pela linha da costa e não se perdem. Mas, no meio do mar, senhor jornalista, como é que o senhor se orientava? Vá, diga. Diga.

HÉLIO

Quem faz as perguntas sou eu.

GAGO

Não sabe. Ninguém sabia, antes de eu adaptar ao sextante um pequeno nível de bolha de ar. (*Espreitando e orientando o sextante.*)

SACADURA

Mostra a esse ignorante as tuas cartas e tábuas de cálculo.

Gago Coutinho expõe papelada em cima da mesa.

Gago

Com este meu sextante e as tábuas de cálculo vamos demonstrar ao mundo que se pode voar sobre o mar e à noite com o mesmo rigor com que se voa de dia, sobrevoando o solo. Percebeu, senhor jornalista? Para provar isso é que fazemos esta viagem.

Sacadura

(*Ligeiramente picado.*) E para chegar ao Brasil.

Gago

(*Para Sacadura.*) Mas também para comprovar a eficácia do meu sextante...

Sacadura

(*Pouco convencido.*) Certo. Certo. (*Com convicção.*) Mas para sermos os primeiros a atravessar o Atlântico Sul.

Gago

Sem o sextante, nunca seria possível.

Sacadura

(*Suscetibilizado.*) Sem o hidroavião... Sem a pilotagem...

Dr. Hélio, entretanto, examina o sextante.

Hélio

Pois claro. Cada um com a sua contribuição. Mas o sextante... (*Largando o sextante.*) Uma engenhoquice muito mal-amanhada.

Sacadura

(*Para Dr. Hélio, agarrando-lhe as barbas.*) Ó seu bandalho, você não fala assim do invento do meu amigo! Olhe que eu arranco-lhe as barbas.

Dr. Hélio, a tentar escapar da agressão, recua e deixa as barbas nas mãos de Sacadura. Foge. Sacadura, abismado, fica com as barbas na mão.

GAGO

Sacadura, tu tens de moderar esse gênio. Então arrancaste as barbas ao jornalista?

SACADURA

(*Para si próprio.*) Eu conheço aquela cara... Ai, donde é que eu conheço aquela cara... (*Olhando para o relógio e falando para o auditório.*) Meus senhores, desculpem, mas temos de interromper a nossa conferência de imprensa. Esperam-nos no Teatro da Trindade, onde no decorrer da revista aí em cena, vão prestar uma homenagem à aviação portuguesa... (*encolhendo os ombros, com fingida conformação*) e não nos dispensam (*para o auditório e público*). Claro que estão todos convidados a vir connosco.

Auditório destroça.

GAGO

Não me tinhas falado dessa homenagem. É que hoje não me convinha.

SACADURA

Claro que te convém e vais gostar. A principal atração da revista é uma moça que saltou do naipe das coristas. A Beatriz. Não conheces?

GAGO

Não.

SACADURA

Muito mimosa. Um encanto. E com uma graça, uma leveza...

GAGO

Ainda queria voltar a aferir aqui uns cálculos...

SACADURA

Tu e os teus cálculos. Anda antes ver a Beatrizinha, que não perdes nada. É uma garota deliciosa. Tem um picante, um ar ratão, uma alegria de viver que até faz luz às escuras.

Gago

Às escuras?

Sacadura

(*Veemente.*) Não. Não. Não penses coisas. Foi só uma maneira de dizer. Mais nada.

Gago

Se faz luz às escuras, equivale-se ao meu sextante. Sendo assim, vamos lá ver o prodígio.

Vão saindo, risonhos.

Cena 6

Cena de revista. Compère e Beatriz interpretando Senhora Micas, rapariga popular, cumprimentam-se.

Compère

Senhora Micas!

Beatriz

Senhor Queirós!

Compère

Donde é que vós vindes a andar?

Beatriz

Do campo da aviação donde um aeroplão assubiu ao ari.

Compère

(*À margem da cantilena.*) Não é aeroplão. É aeroplano.

Beatriz

Pois. Isso... (*Continuando a cantiga.*)
Assubiu ao ari e assoviou.
Isto é enguiço
ou é derriço
do pilotão
qu'o pilotou.

Compère

(*À margem.*) Não é pilotão. É piloto.

Beatriz

Pois. Isso... (*Continuando a cantiga.*)
De pernas pró ari
e a cabeça prós pés
só a mim não vão levar
avoar, ai, avoar
que eu cá não vou
em tais balancés.

Compère

Não é avoar. É só voar.

Beatriz

Pois. Isso... (*Cantando.*)
É só voar
lá nas alturas
arreliar
os passarinhos.
Mas co'o Sacadura
não fazem eles ninho...

COMPÈRE

E co'o Coutinho?

BEATRIZ

Não adivinho.

COMPÈRE

Não adivinhas o quê?

BEATRIZ

Pois. Isso... (*Cantando.*)
O Sacadura
é um Cabral
e o Coutinho
também é gago.
Em Portugal
estamos na vaga
dos pilotões
fora da barra.
Fora da barra
lá vão os três...

COMPÈRE

Não são três. São dois.

BEATRIZ

Pois. Isso… (*Cantando.*)
O Sacadura
mais o Coutinho
e o avião
que vai de vez
levar os dois
num redemoinho
muito feliz
com mil beijinhos
da Beatriz.
(*Repete.*)

Beatriz atirando beijinhos e recebendo aplausos do público da revista. (*Letra a partir do quadro* "O Aeroplão", *da revista* Tiro ao Alvo *de 1922.*)

Cena 7

Nos camarins ou nos bastidores. Sacadura entrando, seguido de Gago Coutinho. Sacadura de braços abertos para Beatriz, que se desmaquilha.

Sacadura

(*Jovial e cortejador.*) Venho para cobrar os meus beijinhos.

Beatriz

Quais beijinhos?

Sacadura

(*Cantarolando.*)... num redemoinho muito feliz com mil beijinhos da Beatriz.

BEATRIZ

Isso era no teatro… Olha o abusador, a querer tomar tudo à letra. O que se diz no teatro não é para se levar a sério.

SACADURA

Mil beijinhos, a Beatriz prometeu.

BEATRIZ

Quanto muito: quinhentos para cada um, mas só quando voltarem os dois, sãozinhos e fresquinhos, lá do Brasil.

SACADURA

Ah, é verdade. Deixa-me apresentar-te o meu amigo e ilustre cientista, o capitão-de-fragata Carlos Viegas Gago Coutinho.

Sai da sombra Gago Coutinho, tímido.

BEATRIZ

Eu já o conheço. O senhor é que não se lembra de mim.

GAGO

(*Embaraçado.*) Realmente...

BEATRIZ

Nem admira. Era uma cachopita ainda. Uma trinca-espinhas... Trabalhava de bordadeira, num alfaiate onde o Senhor Gago Coutinho ia pregar os galões das fardas...

GAGO

Pois... Era na avenida Almirante Reis.

BEATRIZ

Um dia, o Senhor Gago Coutinho deu por mim, perguntou-me o nome... Eu disse que me chamava Beatriz... Até corei. Então, o Senhor Gago

Coutinho acariciou-me o rosto... eu era uma menininha... e o capitão, com um sorriso muito bom, explicou-me que Beatriz, em grego, significa "felicidade". Nunca mais me esqueci.

Gago

Ah! Pois. Isso... Estou a recordar-me. Mas aquela miudinha era a Senhora Dona Beatriz?

Beatriz

(*Sorriso enternecido.*) Imagine... Senhora Dona...

Gago

(*Emendando.*) Mademoiselle...

Beatriz

(*enternecida*) Mademoiselle... Sempre foi muito gentil o Senhor Gago Coutinho.

SACADURA

Homem de outros tempos. A discrição em pessoa. Desta fornada já há poucos.

BEATRIZ

Credo! Até parece que está a falar dum velho. O Senhor Gago Coutinho está na força da vida...

SACADURA

(*Dando uma palmada nas costas de Coutinho.*) Ouviu, Gago Coutinho? Esta rapariga anima um homem até para dar a volta ao mundo...

BEATRIZ

Se me levarem com vocês...

SACADURA

No coração. É a nossa musa inspiradora (*Suscitando um beijo, a que Beatriz se furta*).

BEATRIZ

(*Empurrando-o, mansamente.*) Agora desculpem que tenho de arranjar-me para o próximo número.

SACADURA

(*Despedindo-se.*) E eu que julgava que vinha apresentá-los. Afinal, já se conheciam, há que tempos.

GAGO

Não foi assim há tanto tempo...

BEATRIZ

Obrigada, Senhor Gago Coutinho.
Sacadura vai à frente.

GAGO

(*Despedindo-se.*) Muito gosto em voltar a vê-la.

Beatriz

Eu é que tive. E volte sempre, Senhor Gago Coutinho. (*Intencional.*) E também não se esqueça, nunca se esqueça que Beatriz quer dizer "felicidade"...

Breve enleio, a que Sacadura já não assiste.

Cena 8

Na semiobscuridade de um hangar, Dr. Hélio e Patacho sabotam o hidroavião Lusitânia. Ambos com fatos-macacos de mecânicos. Está a clarear para a madrugada.

Hélio

Dá-me a broca, Patacho.

Patacho

(*Vasculhando na caixa das ferramentas.*) Já lha tinha dado, meu ex-major.

Hélio

Não deste nada, idiota. A broca, despacha-te!

PATACHO

Mas se eu a dei. Quando o senhor furou o depósito.

HÉLIO

(*Malévolo.*) Um furinho sem importância... Depois, eu devolvi-te o raio da broca.

PATACHO

(*Continuando a vasculhar com grande estardalhaço na caixa das ferramentas.*) Aqui não está.

HÉLIO

Não faças tanta barulheira.

PATACHO

O meu ex-major não disse aos guardas que nós éramos mecânicos?

HÉLIO

E somos. Estamos a aprontar tudo muito direitinho para que a primeira etapa da viagem, Lisboa–Canárias, decorra nas melhores condições. (*Riso maldoso.*)

PATACHO

Queira Deus.

HÉLIO

(*Olhando em volta.*) Está a clarear de mais para o meu gosto.

PATACHO

À luz do dia, trabalha-se melhor.

HÉLIO

Não, nós, meu grande cabotino. Não, nós. Arruma a tralha que temos de nos pôr na alheta.

PATACHO

E a broca?

HÉLIO

Deixa lá que com os nossos "arranjos" eles já têm com que se entreter. (*Malévolo, a despedir-se.*) Adeus, gafanhoto. Boa viagem.

PATACHO

Porque é que o meu ex-major chama gafanhoto ao hidroavião?

HÉLIO

Porque, tal como os gafanhotos, também este vai andar aos saltos e aos pinotes por cima do mar. E mais do que calculava. (*Risada.*)

Cena 9

Ilumina-se um ecrã no qual se projeta o Atlântico Sul - linhas da costa da Península Ibérica, África, arquipélago das Canárias, Cabo Verde e ilha Fernando Noronha, perto da costa brasileira.

Voz OFF

A primeira viagem aérea Portugal–Brasil estava prevista para várias etapas. Em 1922, os aviões não comportavam combustível senão para pequenos e médios percursos. Na madrugada do dia 30 de março, os dois aviadores tomaram os seus lugares no hidroavião Lusitânia para iniciarem uma viagem histórica, mas mais acidentada do que a princípio tinham imaginado.

Começa a ouvir-se o roncar dos motores do hidroavião.

Voz *off*

Como se sente, Sacadura Cabral?

Sacadura

(*Off.*) Tão bem-disposto como se fosse dar um simples passeio até Cascais.

Roncar dos motores a aumentar.

Sacadura

(*Gritando, off.*) Contact.

Ruído do hidroavião a correr sobre as águas e a levantar voo.

Voz *off*

O motor é posto a trabalhar. Atinge mil e oitocentas rotações. O aparelho corre quinze segundos na pista de água e ergue-se no espaço com suavidade...

Cena 10

Hidroavião suspenso no ar. Ruído do motor, em fundo. Sacadura no lugar do piloto. Gago, atrás.

Sacadura

Olha a Torre de Belém, lá embaixo a dizer-nos adeus.

Gago

(*Consultando o relógio.*) São sete horas da manhã, em ponto. Segundo as minhas previsões, a nossa viagem até ao Brasil vai demorar setenta horas, mais minuto menos minuto.

SACADURA

(*Jovial.*) Não carregues de mais o Lusitânia com os teus cálculos.

GAGO

Ai!

SACADURA

O que é que foi?

GAGO

Piquei-me. Tinha uma broca no assento.

SACADURA

Os mecânicos são uns incompetentes. Guarda-a que pode servir-nos.

GAGO

Já é mais peso...

SACADURA

Não tivesses tomado o pequeno-almoço.

GAGO

Eu peso pouco.

SACADURA

(*Risonho.*) Então, levanta os pés do chão que já vamos Atlântico fora. E corações ao alto.

Canção heroica. Corações ao alto (*solo e coro*).

Corações ao alto,
rasguemos o vento.
Tomemos de assalto
o céu mais cinzento,
o céu mais azul,
de olhos fincados
na Estrela do Sul.
Se formos capazes,
tomemos de assalto
as nuvens lilazes
do sol do nascente

e as nuvens cobalto
do sol do poente.
Corações ao alto!

Tomemos de assalto
os portões da noite,
varandas do dia,
granizo que açoita,
trovões, ventania.
Aquele que se afoita,
resiste e porfia.

Corações ao alto
e com teimosia
tomemos de assalto
quem nos desafia
e quem contraria
a nossa vontade.

Nós queremos revogar
a lei da gravidade.
(*Repete.*)

A essa canção, suspensa no ar, responderá o coral, vindo do palco com o hino Levantai os pés do chão.

    Levantai, levantai os pés do chão,
    ó humanidade,
    ó bicho pesadão,
    ó corpo sem vontade
    a arrastar-se na prisão
    de ser pesado,
    apesar de saltar, de saltitar,
    sapo, sapinho, sapão,
    atrás da sombra
    atirada lá do alto
    de quem voa de verdade:
    a águia, o condor, o gavião.
    Ó humanidade,
    aproveitai a hora, o lance, a ocasião.
    É agora ou nunca,
    a última oportunidade.
    Levantai, levantai os pés do chão
    e ide, ó humanidade,
    sentada, reclinada
    com maior ou menor comodidade
    voar, a fingir,
    num avião.

Ó humanidade,
levantai, levantai os pés do chão.
(*Repete.*)

F<small>IM DO</small> 1.º A<small>TO</small>

2.º Ato

Cena 1

No convés do cruzador República, dois marujos, por enquanto ainda irreconhecíveis, lavam o chão. Desde o início, deve ser evidente que um deles leva mais a sério o seu trabalho do que o outro. Passa por eles o comandante.

Comandante

Quero este convés bem esfregado.

Os dois marujos suspendem o trabalho e fazem, perfilados, a continência. O comportamento do comandante oscila, equivocamente, entre o muito autoritário e o galhofeiro, a ponto de mal se perceber quando está a falar a sério ou a brincar.

Comandante

Ficam avisados que no cruzador República não pode haver calaceiros. (*Em tom de ameaça.*) Ralaços e molengões vão borda fora, dar de comer aos peixinhos, ouviram?

Ar comprometido dos dois marujos, ainda não reconhecíveis.

Comandante

Parece que os tubarões é que gostam de carne mole. Mas eu, no meu navio, só quero gente com fibra, dura de roer.
Ouviram?
O comandante sai.

Patacho

(*Secreto e fanhoso.*) O meu ex-major tem de se aplicar mais, senão...

HÉLIO

Senão o quê? Este paspalho de branco atira-me ao mar, é? (*Gargalhada de desprezo.*) Os tipos da marinha são uns exagerados. Não ligues. E, estou farto de te dizer: não me trates por ex-major.

PATACHO

(*Voltando ao trabalho com brio.*) Sim, meu ex-major.

HÉLIO

Aqui somos marinheiros. Camaradas.

PATACHO

Sim, meu camarada ex-major.

Patacho tem uma mola de roupa a apertar-lhe o nariz, o que lhe anasala as falas.

HÉLIO

Larga essa porcaria do nariz, que a tua voz até enjoa.

PATACHO

Eu, sem mola no nariz, ainda enjoo mais.

Dr. Hélio, debruçado da amurada, consulta o céu.

HÉLIO

Com a tua incompetência ainda vais deitar tudo a perder. Ou julgas que foi fácil infiltrar-te na Marinha, com essa figura?

PATACHO

Pois. Tenho fraca figura, mas eu é que dou o corpo ao manifesto. Eu é que alombo. Eu é que esfrego.

Hélio

Cala-te.

Patacho

É o que o meu ex-major camarada sabe dizer: cala-te e pedala. Cala-te e rema. Cala-te e esfrega.

Hélio

Isso. Cala-te e esfrega.

Patacho

Esfregue também o senhor, que tem bom corpo. E tome cautela: o comandante pode voltar de um momento para o outro...

Hélio

Ainda agora entrou na cabina da rádio. Não volta tão cedo.

PATACHO
(*Preocupado.*) Foi saber notícias deles? Foi?

HÉLIO

(*Com desdém.*) Que já tinham descolado de Cabo Verde. Pois sim. Agora é que vão saber como elas mordem. De Lisboa às Canárias não custa nada. Das Canárias a Cabo Verde também se faz bem. Agora de Cabo Verde até aqui é que eu quero ver! (*Pérfido.*) E com a ajudinha cá dos mecânicos... (*Palmada cúmplice no Patacho, que se arrepia.*)

Dr. Hélio consulta os ares e enfia as mãos nos bolsos. Patacho continua a esfregar o chão.

HÉLIO

Vai ser um mergulho monumental. Até já oiço os tubarões a afiar o dente. Trrretrrre... Trrre-trrre...

Aparece de surpresa o comandante, que surpreende o Dr. Hélio encostado à amurada, de mãos nos bolsos.

COMANDANTE

Ó seu safado! Você julga que está nalgum iate de recreio? De mãos nos bolsos? Em serviço? Eu mando-o mesmo borda fora. Ai, mando, mando. (*Gritando, debruçado da amurada.*) Tubarões! Tubarõezinhos! Cheguem-se aí que tenho um petisco para vocês. (*Medindo a corpulência do Dr. Hélio.*) E que petisco... (*Para os presumíveis tubarões.*) Seus marotos. Seus gulosos. (*Para Dr. Hélio, seco.*) Atire-se.

HÉLIO

Mas, meu comandante...

COMANDANTE

Olhe como eles se abeiram do costado. Aos cardumes. É cada barbatana. E os dentes? Aguçados. Afiadinhos que nem punhais. (*Seco.*) Vá. Não ouviu? Atire-se.

HÉLIO

Meu comandante, eu peço a sua compreensão...

COMANDANTE

(*Referindo-se aos tubarões.*) Peça a eles. Mas atire-se primeiro. De mergulho. Bem perfilado. Vá. Obedeça.

PATACHO

(*Intercedendo, lamurioso.*) Ó senhor comandante, perdoe ao homenzinho.

COMANDANTE

Homenzinho?

HÉLIO

(*Indignado.*) Homenzinho?

PATACHO

Ele não fez por mal. Fui até eu que lhe disse. Descansa, camarada, que estás farto de trabalhar.

COMANDANTE

(*Reparando na mola presa ao nariz de Patacho.*) Ó tu, que coisa é essa que tens pendurada no nariz?

PATACHO

(*Risinho contrafeito e tirando a mola.*) É que estive a pendurar a roupa, há bocado, e esqueci-me...

COMANDANTE

Vocês os dois são muito esquisitos para caberem no cruzador República. Não são marinheiros a sério. Não os quero na minha tripulação. (*Tempo.*) Os dois borda fora!

PATACHO

(*Histérico, soluçando.*) Ó... Ó... Ó... Ó... Ó... Ó... meu comandante.

HÉLIO

(*Dando-lhe um encontrão.*) Cala-te.

PATACHO

Ó... Ó... Ó... Ó... minha rica mãezinha.

COMANDANTE

(*Debruçado da amurada.*) Aquele deve ser o comandante dos tubarões. Tem cá uma dentuça mais afiada. Palavra que eu adoro estes bichos. (*Para os presumíveis tubarões.*) Vai já. Vai já. É só tratar do acompanhamento, meus lindos. (*Para os dois marujos, seco.*)

Atirem-se.

Os dois muito encolhidos.

Comandante

Ou querem antes que eu os empurre?

Patacho

(*Tentando fugir.*) Não empurre, senhor comandante... Não empurre.

O comandante agarra-o e tira-lhe o barrete.

Comandante

Mas deixem cá ficar a farda. Não quero que os meus tubarõezinhos se engasguem (*Seco.*) Dispam-se.

Patacho e Dr. Hélio começam a despir a farda.

Comandante

(*Para os presumíveis tubarões.*) Hoje vão ter dose reforçada. (*Olhando, mal-impressionado, para a fraca figura de Patacho a despir-se.*) Reforçada... Ouve lá, tu não gostas de animais?

Patacho

Gosto. Gosto imenso. Em pequeno até tive um grilo.

Comandante

Então, se gostas de animais, porque é que não engordaste? Tu já imaginaste: o que é que os desgraçados dos tubarões vão aproveitar de ti?

Patacho

(*Ansioso.*) Ó… Ó… Ó… meu comandante, tive uma ideia. Podíamos esperar um tempo. Eu engordava. Prometo.

Comandante

(*Gargalhada.*) Essa é boa. Engordavas para fazer jeito aos tubarões. (*Continua a rir.*)

Riso contrafeito dos dois marujos. O riso aberto do comandante contagia-os e acabam por rir os três, francamente.

COMANDANTE

(*No esgotar do riso.*) O que vos vale é que eu hoje estou bem-disposto. (*Tempo.*) Vistam-se.

PATACHO

Ó... Ó... Ó... meu comandante, já não precisamos de...

COMANDANTE

Era só a brincar. Então vocês acreditavam que eu fosse sacrificar dois homens da minha tripulação para dar de comer aos tubarões? (*Gargalhada para os tubarões.*) Girem daqui, seus nojentos. (*Cospe, borda fora.*) Bichos repugnantes. Vão nadar para outro lado ou desfaço-vos a metralhadora.

HÉLIO

(*Sinistro.*) Quer que eu vá buscar?

Comandante

Com a metralhadora? Não. Isto é só para assustá--los. Adoro pregar partidas, quando estou bem-disposto. E sabem por que é que eu estou bem-disposto? Porque acabo de ter boas notícias, via rádio, dos nossos aviadores. Foram avistados por um cargueiro a cinquenta milhas daqui. Não tarda que a gente os veja. E vão amarar, que é uma limpeza, ao pé do cruzador, junto aos rochedos de S. Pedro e S. Paulo.

Patacho

(*Entusiasmado.*) Vai ser lindo, meu comandante.

Dr. Hélio, furioso, dá-lhe um encontrão.

Comandante

Quero toda a tripulação no convés a gritar: Viva o Gago Coutinho! Viva o Sacadura Cabral!

Patacho

Viva!

COMANDANTE

(*Para Dr. Hélio, carrancudo.*) Vá, não se acanhe e grite também. Vivam o Gago Coutinho e o Sacadura Cabral.

HÉLIO

(*Contrariado.*) Vivam...

COMANDANTE

Vivam os nossos gloriosos aviadores!

HÉLIO E PATACHO

(*De modos diferentes.*) Vivam!

COMANDANTE

Ah, que vamos fazer-lhes uma grande festa, caramba. Vivam os nossos heróis.

HÉLIO E PATACHO

(*Em tons diferentes.*) Vivam!

Cena 2

No hidroavião, em pleno voo. Estão no meio das nuvens, que irão adensar-se.

SACADURA

Até parece que já estou a ouvir os vivas dos marinheiros, quando chegarmos à beira do cruzador República.

GAGO

Mas ainda não chegamos e falta muito.

SACADURA

Ora. Está tudo a correr como tínhamos previsto. Isso é que importa.

Ilumina-se o ecrã da cena 9 do 1.º ato, onde se projeta o mapa do Atlântico Sul. À medida que Sacadura e Gago Coutinho forem enumerando as sucessivas escalas, os respetivos segmentos de reta vão sendo desenhados no mapa.

SACADURA

(*Continuando.*) De Lisboa às Canárias foi um salto.

GAGO

(*Mais reservado.*) Um grande salto... de oito horas e trinta e sete minutos. E com o motor a gastar mais gasolina do que devia...

SACADURA

Ora... das Canárias a Cabo Verde foi passeio.

GAGO

Já te esqueceste dos contratempos. Tivemos problemas...

SACADURA

Mas vencemo-los. Fizemos a segunda etapa em dez horas.

GAGO

E quarenta e três minutos.

SACADURA

Uma proeza fantástica.

GAGO

Falta agora concluir a escala mais longa. De Cabo Verde aos rochedos S. Pedro e S. Paulo: novecentas e oito milhas.

SACADURA

Mil e setecentos quilômetros. Pouco falta. É canja. (*Entusiasmo crescente.*) Amaramos junto aos rochedos. (*Poderão ser iluminados no mapa, à medida que forem referidos os pontos da escala que faltam.*)

Somos reabastecidos pelo cruzador República e voltamos a levantar voo até a ilha Fernando de Noronha. (*Como num relato de futebol.*) De Fernando de Noronha a Pernambuco. De Pernambuco à Baía. Da Baía a Porto Seguro. De Porto Seguro a Vitória. De Vitória a Rio de Janei...ro. (*Com a extensão sonora de "gooolo", a que se sobreporá um inesperado ronco de motor.*)

Sacadura continua a gritar, mas não se ouvirá nada, porque o ruído progressivamente sobressaltado do motor se lhe sobreporá. Algum desequilíbrio no hidroavião. As coisas reestabilizam por si. O motor volta ao seu ruído de fundo.

Gago

Que aconteceu?

Sacadura

Algum soluço do motor, a queixar-se de falta de gasolina. Não há de ser nada.

GAGO

Pensando bem, ainda faltam mais de cinquenta milhas.

SACADURA

"Pensando bem?" (*Entusiasmado.*) Quem pensa não voa. Quem voa não pensa.

GAGO

(*Inquieto.*) Tu não estás bom.

SACADURA

Estou melhor que bom. Queres saber? Sinto-me como se estivesse numa passagem de ano. Umas sirenes nos ouvidos, umas campainhas, uns sinos, que até parece que rebento de alegria.

GAGO

Cuidado! Olha que a altitude, às vezes, provoca umas perturbações e tu não tens comido nada.

SACADURA

Comer o quê? Este ar das alturas é alimentício, homem.

GAGO

Antes fosse... Mas quanto mais se sobe, menos oxigênio se respira.

SACADURA

Então, para compensar, passa-me a garrafa de vinho do Porto.

GAGO

Nunca. A garrafa é para brindar, mas só no final da viagem.

SACADURA

Um trago de vinho, no meio deste frio e deste nevoeiro, aquecia-me o espírito.

Gago

Já o tens bem aquecido.

Sacadura

(*Cada vez mais excitado.*) Dá um gole de vinho, ó Gago Coutinho. Um gole de vinho, ó Gago Coutinho.

Trovão. Estremecimento no hidroavião. Raios e trovões, antes do aparecimento do gigantesco Netuno. O Deus dos Mares, embora gigantesco e ameaçador, terá um aspeto pouco próspero, como um Adamastor na decadência.

Netuno

Quem ousa reclamar com voz irada
o vinho do deus Baco, néctar preferido,
mas, no meio do mar, pouco prezado
porque a água é o elemento nele requerido.
Quem ousa, no meu reino bem guardado
por ondas gigantescas, raios e bramidos
dos ventos dissonantes, rugidores
pra lá do anticiclone dos Açores?

Sacadura

(*Secreto.*) Este quem é, ó Gago Coutinho?

Gago

(*Secreto.*) É uma alucinação.

Sacadura

Tá bem, mas como é que se chama a alucinação?

Gago

Pelo que ele diz deve ser Netuno, o antigo Deus dos Mares.

Netuno

Agora, que paquetes e cargueiros,
lanchas, submarinos, cruzadores,
quilhas descomunais de petroleiros
sulcam oceanos com fragor,
agora que viajeiros marinheiros

risonhos, sem temer os meus ardores,
atravessam os mares que eu detinha,
que sobra para mim, vida mesquinha?

Sacadura

Coitado do homem. Mete pena.

Gago

Schiu! Deixa ouvir a alucinação até ao fim.

Netuno

Que sobra para mim, vida mesquinha?
O ar, o ar salgado, a maresia
sobre a água ondulante, outrora minha…
Mas se até a coroa do ar pela rebeldia
doutros novos heróis se avizinha
de deixar de pertencer-me, qualquer dia,
eu lá terei de retirar-me, pobre arrais,
e empregar-me de banheiro… em Cascais.

Netuno soluça e chora. Começa a chover.
Desaparece Netuno.

GAGO

Nunca o imaginei tão embaixo.

SACADURA

Embaixo estamos nós que nos falta a gasolina. E, para mais graça dar, esta chuva...

GAGO

(*Passando a mão pelas presumíveis gotas de chuva.*) Não é só chuva...

SACADURA

(*Irónico.*) São as lágrimas do velho Netuno, não?

GAGO

Se forem, cheiram a gasolina.

O principal reservatório de gasolina do hidroavião está colocado por cima das cabinas do piloto e do navegador.

SACADURA

(*Certificando-se.*) Pois cheiram. Claro! É dali que foge a gasolina. Dá-me um trapo, qualquer coisa que sirva de rolhão...

GAGO

Trapo não vejo.

SACADURA

O teu lenço de pescoço serve.

Desde o início da viagem, no 1.º ato, que Gago Coutinho trará ao pescoço um lenço verde muito vivo, bastante destoante da sua vestimenta e do seu sóbrio comportamento.

GAGO

(*Vivamente.*) Este lenço não.

SACADURA

(*Em equilíbrio sobre o hidroavião e arracando-lhe o lenço do pescoço.*) Este lenço sim.

GAGO

(*Exaltado.*) Dá-me o lenço.

SACADURA

(*Voltando ao seu lugar.*) O que é que o lenço tem de especial?

GAGO

É para me proteger.

SACADURA

(*Trocista.*) Para te proteger o pescoço dos resfriados, é? Melhor te protege, se eu conseguir entalá-lo, para estancar a perda de gasolina do depósito.

Gago

(*Exaltado.*) Mas com esse lenço não!

Sacadura

Que raio tem o lenço de especial? (*Vendo-o em pormenor.*) Espera: tem um grande B bordado. Mas o teu primeiro nome não é Carlos? Carlos Viegas Gago Coutinho? Quanto muito devia estar um C.

Gago

(*Embaraçado.*) Naturalmente, houve engano.

Projeta-se no ecrã o lenço bordado: "Muitos b… da B."

Sacadura

Alto lá. O lenço traz mensagem escrita a ponto de cruz. Muitos b pontinhos da B pontinho.

Gago

Não ligues e faz o teu serviço.

Sacadura veda com o lenço a presumível fuga de gasolina.

Sacadura

(*Voltando aos comandos.*) Quem é essa B pontinho que manda muitos b pontinhos para a tua viagem?

Gago

(*Seco.*) Não tens nada com isso.

Sacadura

B pontinho... b pontinhos... Isto não me cheira nada bem.

Gago

É da gasolina.

SACADURA

b pontinhos, percebe-se. Beijos. Beijinhos, mais do que as reticências.

GAGO

Concentra-te nos comandos, Sacadura.

SACADURA

E a B quem será?

GAGO

(*Seco.*) Não tens nada com isso.

SACADURA

B pontinho a mandar b pontinhos... (*Num sobressalto.*) B? Ouve lá, tu voltaste, depois, ao camarim da Beatriz?

GAGO

Não tens nada com isso.

SACADURA

Tu continuaste a encontrar-te com a Beatriz?

GAGO

Não tens nada com isso.

SACADURA

Claro que tenho. Afinal eu é que vos apresentei.

GAGO

Já nos conhecíamos.

SACADURA

Também eu. E sabias que eu me interessava pela rapariga.

GAGO

Interessavas-te como?

SACADURA

(*Embaraçado.*) Pela carreira dela... Tenho-lhe seguido os passos desde que ela começou, muito catraia, como corista.

Silêncio de Gago Coutinho.

SACADURA

(*Resmungando.*) Muitos b pontinhos da B pontinho. Para o seu Carlinhos.

GAGO

Não está lá isso escrito.

SACADURA

É como se estivesse. Tu e a Beatriz? Querem lá ver o cotomiço, ehm!

GAGO

Cotomiço? Quem é cotomiço?

SACADURA

Os dois. Estão um para o outro. Tu, meu sonso, com aquela miúda divina? Ah, mas essa é histórica. E até onde é que isso vai?

GAGO

(*Perdendo a fleuma e gritando.*) Não tens nada com isso.

O grito "não tens nada com isso" ecoa, multiplicado, várias vezes. O eco vai-se distorcendo até aos agudos de um coro feminino. Aparece, na linha do mar, o coro das sereias-nereides, todas múltiplas de Beatriz, como um coral de coristas de revista dos anos 1920.

NEREIDES

(*Em coro.*)

Não tens nada com isso, ó Sacadura.

Uns dão os olhos
e os pensamentos,
outros colhem aos molhos
os rendimentos.
Não tens nada com isso, ó Sacadura.
Uns dão o lume
e a fervura,
outros bebem o chá
na boa altura.

Não tens nada com isso, ó Sacadura.
Pra uns o doce
e a ternura,
pra outros o gelo
e a amargura.

Sacadura

(*Excitado.*) Estás a ver o que eu vejo?

Gago

(*Seco.*) Não tens nada com isso.

SACADURA

Para com esse refrão. Não sabes dizer mais nada?

GAGO

(*Seco.*) Não tens nada com isso.

As sereias-nereides continuam a menear-se e chamam em coro provocador.

NEREIDES

U-u... U-u... U-u...

SACADURA

(*Alucinado.*) Estão a chamar por nós.

GAGO

(*Intrigado.*) Quem?

SACADURA

Elas! As sereias...

GAGO

(*Inquieto.*) Outra alucinação das tuas: É da altitude.

NEREIDES

U-u... U-u... U-u...

SACADURA

(*Alucinado.*) Vamos ter com elas.

GAGO

Com quem?

SACADURA

(*Extasiado.*) Com o naipe das coristas do alto-mar.

GAGO

A agulha do altímetro enlouqueceu. Para teu bem, por favor, desce. Desce.

SACADURA

Vou descer.

GAGO

Não tanto!

NEREIDES

U-u... U-u... U-u...

SACADURA

Prepara-te. Vamos amarar.

GAGO

Estás louco. Amarar onde?

SACADURA

(*Em êxtase.*) Junto à ilha dos Amores.

GAGO

Domina-te.

SACADURA

Não quero dominar-me.

GAGO

Então domina o aparelho.

O "U-u" das sereias mais longínquo. As sereias desapareceram.

SACADURA

Prepara-te para amarar. Elas estão à nossa espera.

Gago

Cuidado!

Motor em sobressalto. Relampejar. Som de ondas do mar cada vez mais próximas.

Sacadura

Esperem por nós, miúdas!

Gago

Estamos perdidos.

Escuro total.

Cena 3

No convés do cruzador República. Começa a entardecer. O comandante e os dois "marujos", Dr. Hélio e Patacho, debruçados da amurada. Ruído do avião a aproximar-se.

Comandante

(*De binóculo.*) Aí estão eles. Manobra perigosa. O hidroavião vem desgovernado.

Hélio

Se lhe parece. Com dois malucos dentro.

Patacho

Ai que vão espatifar-se de encontro aos penedos!

Hélio

(*Riso satânico.*) E vão mesmo!

Comandante

(*De binóculo.*) Alto que o piloto segurou o aparelho. Vão amarar. Ondas picadas demais, caramba. (*Triunfal.*) Amarou. Bela manobra. (*Comentando para os outros dois.*) Esse Sacadura é um gênio.

Hélio

Raios partam o gênio.

Comandante

(*Encarando Hélio.*) Não estou a gostar nada da sua conduta. Deixe estar que, depois de recolhermos os pilotos, havemos de ter uma conversa.

Hélio

(*Num assomo de arrogância.*) Eu sou de poucas falas.

Comandante

Mas comigo vai falar, descanse! Está em causa o nome da Marinha, está em causa o nome de Portugal e você, seu trampolineiro, só enguiça, só atrai o azar! Estou desconfiado de que você não é dos nossos.

Ar um pouco enfiado do Dr. Hélio. Patacho é o único que continua debruçado, atento à manobra do hidroavião, servindo-se do binóculo arrebatado ao comandante.

Patacho

Ai que o aviãozinho vai ao fundo. Socorro. Socorro. Salvem os homens que se desgraçam.

Comandante

(*Recuperando o binóculo.*) Desfez-se um dos flutuadores na amaragem. Desçam os escaleres! Rápido! (*Para Patacho.*) Vai tu também aos remos.

PATACHO

Sempre eu. E o meu ex-major?

COMANDANTE

Fica aqui ao meu cuidado. (*Reparando melhor no que Patacho disse.*) Meu ex-major? Ex-major de quê?

PATACHO

(*Atrapalhado.*) Quer dizer... Meu ex-camarada. Quer dizer... Meu camarada da Marinha.

COMANDANTE

Tudo isto está a soar-me muito mal, mas descansem que vamos já deslindar o vosso mistério. Nem que seja preciso pedir a ajuda dos tubarões. (*Voltando a olhar pelos binóculos.*) O hidroavião está perdido, era inevitável, mas eles, graças a Deus, estão sãos e salvos sobre os rochedos S. Pedro e S. Paulo.

Cena 4

Empoleirados nos rochedos S. Pedro e S. Paulo, Sacadura e Gago veem a asa do hidroavião a afundar-se, lentamente.

SACADURA

Praticamente estamos no Brasil. Estes rochedos já pertencem ao domínio marítimo brasileiro.

Gago

Para quem ia fazer escala na ilha dos Amores…

SACADURA

Que queres... Fiquei transtornado. Esse teu caso com a Beatrizinha deu-me volta ao miolo. (*Ainda incrédulo.*) Mas sempre é verdade?

GAGO

(*Magoado.*) Não tens nada com isso.

Silêncio, só cortado pelo bater das ondas. Sacadura tenta uma reaproximação.

SACADURA

Salvaste o sextante?

GAGO

(*Amuado.*) Salvei.

SACADURA

E as cartas de navegação?

GAGO

Salvei.

SACADURA

E a garrafa de vinho do Porto?

GAGO

Salvei.

SACADURA

Podíamos abri-la.

GAGO

Não.

SACADURA

Para brindar.

GAGO

Brindar a quê?

SACADURA

À nossa amizade.

Silêncio de Gago Coutinho.

SACADURA

Continuamos amigos ou não continuamos?

GAGO

(*Vendo afundar-se a asa do hidroavião.*) Lá se vai o nosso Lusitânia.

SACADURA

Manda-se vir outro e concluímos o *raid*, conforme o previsto. O essencial é que batemos todos os recordes de pilotagem sobre o Atlântico. Dá-me um abraço.

GAGO

Não posso. Estou a agarrar o sextante.

SACADURA

O sextante... o sextante... Não pensas noutra coisa.

GAGO

(*Começando a ficar encolerizado.*) O que é que seria de nós sem o sextante? Como é que nos tínhamos orientado no alto-mar, se não fosse o sextante? O que é que nos valeu? O meu sextante... O meu sextante!

SACADURA

(*Melindrado.*) E a habilidade do piloto também contou para alguma coisa.

GAGO

Sem o sextante de navegação eu queria ver do que é que servia a habilidade do piloto...

SACADURA

Mas sem a perícia do piloto eu queria ver para o que é que servia o sextante...

Longo silêncio amuado dos dois.

GAGO

Sacadura.

SACADURA

O que é que queres?

GAGO

Desculpa o meu mau gênio.

SACADURA

Desculpa tu o meu.

GAGO

Dá cá um abraço, homem.

SACADURA

(*Exultante.*) É o que andávamos os dois a pedir, há que tempos.

Vão abraçar-se, Sacadura escorrega.

GAGO

Vê lá, não caias ao mar.

SACADURA

(*Imitando o refrão de Gago.*) Não tens nada com isso.

Abraçam-se, rindo.

Cena 5

No convés do cruzador República. Semiobscuridade. Dr. Hélio e Patacho, agrilhoados pelos tornozelos, tentam fugir.

Hélio

Segue-me, Patacho.

Patacho

Que remédio.

Hélio

Anda mais depressa. Despacha-te.

PATACHO

Não me puxe, meu ex-major, senão eu caio.

HÉLIO

Por tua culpa é que isto tudo aconteceu. O que vale é que eu vim prevenido...

PATACHO

(*Feliz.*) Trouxe uma lima?

HÉLIO

Não, mas vamos cavar daqui para fora.

PATACHO

Cavar?

HÉLIO

Diz antes, pedalar...

PATACHO

Pedalar? (*Aterrorizado.*) Outra vez no Passarolo, não!

Patacho foge, mas Hélio puxa por ele pela corrente.

HÉLIO

O Passarolo fica para depois. Eu hei de provar a esses basbaques que o futuro está nos mais leves do que o ar: nos balões, nos dirigíveis...

PATACHO

Mas a mim não me mete noutra. Estou muito pesado. (*Noutro tom.*) Não lhe cheira a nada?

HÉLIO

(*Indiferente.*) Toma nota, Patacho: eles fizeram Portugal–Brasil num hidroavião, não fizeram? Pois nós havemos de fazer Brasil–Portugal...

PATACHO

... em futebol.

HÉLIO

Em balão!

PATACHO

Comigo não conte. Que cheiro esquisito!

HÉLIO

Conto e torno a contar. (*Puxando por ele pela corrente.*)

Ilumina-se outra zona do convés, quando saem de uma cabina o comandante acompanhado por Gago Continho e Sacadura Cabral. Vêm em atitude desenfadada, como se tivessem acabado de jantar. Hélio e Patacho escondem-se.

COMANDANTE

Tive de meter no porão aqueles dois farsantes. Não eram da Marinha e até desconfio que sejam espiões... (*Conspirativo.*) Sabotadores...

GAGO

Não vejo quem esteja interessado em prejudicar a nossa viagem.

COMANDANTE

Todos os contratempos técnicos por que passaram hão de ter uma explicação.

GAGO

(*Com segundo sentido.*) Muitas... Que te parece, Sacadura?

SACADURA

(*Alheio.*) O que eu queria aqui, agora, já, era o substituto do nosso pobre Lusitânia. Dos penedos até a terra brasileira é um saltinho que se faz de olhos fechados.

Gago

Com o teu otimismo nem precisamos de gasolina.

Continuam a confraternizar, enquanto noutro ângulo do convés, Hélio e Patacho discutem.

Hélio

Salta para a água.

Patacho

Não salto.

Hélio

Fecha os olhos e salta.

Patacho

Não salto nem fecho os olhos.

HÉLIO

Salta, covardolas.

PATACHO

Quero lá saber.

HÉLIO

Salta ou eu despeço-te.

PATACHO

Não pode. Estamos agarrados.

HÉLIO

Salta.

PATACHO

E os tubarões?

HÉLIO

Besuntei-me com um repelente contra tubarões. Eles enjoam este cheiro.

PATACHO

Não me fale em enjoos, meu ex-major.

HÉLIO

Anda.

PATACHO

Ah, então o cheiro era esse!?

HÉLIO

Despacha-te e salta.

PATACHO

Mas eu nem sequer tenho o tal desodorizante contra tubarões.

HÉLIO

Nem precisas. Vens comigo.

PATACHO

Não vou.

HÉLIO

Descansa que tenho tudo preparado lá embaixo.

PATACHO

No mar? Um barco?

HÉLIO

(*Enigmático.*) Melhor ainda... Bom! Eu vou saltar e tu, queiras ou não, tens de vir também.

PATACHO

Não vou.

HÉLIO

O mais pesado sou eu e tu vens... por arrastamento.

Ruído de corpos a mergulhar na água, com um "ai!" desfalecido de Patacho.

SACADURA

Ouviram?

COMANDANTE

(*Indiferente.*) Deve ter sido o cozinheiro a mandar os restos do jantar borda fora. (*Risonho.*) Os tubarões adoram.

Reentram na cabina.

Cena 6

Tal como na Cena 3 do 1.° ato, persistente picado de Morse, seguido de saída de larguíssima fita picada. Pode, desta vez, ser ilustrado, com a projeção no ecrã do mapa do Atlântico Sul, com as novas escalas da viagem desenhadas. O jornalista que vai decifrar a mensagem terá vestuário tropical.

Jornalista

(*Com sotaque brasileiro.*) Heróis do ar estão chegando costa brasileira. Vencendo desaires sobre desaires, Sacadura Cabral e Gago Coutinho, depois naufrágio Lusitânia, junto penedos S. Pedro e S. Paulo, retomaram viagem num hidroavião Fairey, que se perdeu a trezentos quilômetros ilha Fernando de Noronha. Em um terceiro hidroavião, de nome Santa Cruz, completaram etapa e estão rumando triunfalmente cidade do Recife, a que se seguirão outras escalas, até chegada final ao porto de Rio de Janeiro.

Sambinha brasileiro em fundo, a fazer ligação com a próxima cena.

Cena 7

No hidroavião Santa Cruz, praticamente igual ao Lusitânia, vão Sacadura e Gago Coutinho. Música de samba, vinda da cena anterior.

Sacadura

Parece que já estou a ouvir a batucada brasileira…

Gago

Não te entusiasmes outra vez.

Sacadura

Vamos ter uma receção de arromba.

GAGO

Mas primeiro temos de chegar... embora pelos meus cálculos pouco falte. Nem se percebe.

SACADURA

Terra à vista!

GAGO

(*Firmando a vista.*) Não vejo nada.

SACADURA

Nem eu, mas era para te dar ânimo, homem.

GAGO

(*Exultante.*) Terra à vista! Agora, sim.

SACADURA

Onde? Não vejo.

GAGO

Aquela linha de terra, aquele relevo, ao fundo...

SACADURA

Basta que tu digas. Tenho-me guiado por ti.

GAGO

(*Risonho.*) E parece que não te deste mal.

SACADURA

Se não fosses tu e o teu sextante, nem sei onde tinha ido parar...

GAGO

Ora! Se não fosses tu e a tua pilotagem, eu não tinha chegado a parte alguma.

SACADURA

Formamos uma equipa imbatível. (*Firmando por sua vez a vista.*) Parece que... Pois. Terra! Terra à vista!

GAGO

(*Paternal.*) Precisas de cuidar dos olhos, Sacadura.

SACADURA

É que tinha os óculos embaciados de emoção. Abre-me essa garrafa de vinho do Porto.

GAGO

Quando descermos, na Baía.

SACADURA

Agora. Só por esta vez faz-me a vontade.

GAGO

Esqueci-me do saca-rolhas.

SACADURA

Não havia aí uma broca?

GAGO

Foi para o fundo, no Lusitânia.

SACADURA

Eu sei que a guardaste. Abre a garrafa, não sejas desmancha-prazeres. (*Com segundo sentido.*) Para desmancha-prazeres bem basta o que basta...

GAGO

(*Desconfiado.*) Sacadura, que alusão foi essa?

SACADURA

Não tens nada com isso. (*Rindo.*)

Gago Coutinho abre com a broca a garrafa e bebe um gole.

Gago

À tua, Sacadura. (*Passando, em vez da garrafa, a broca a Sacadura.*)

Sacadura

Estás desorientado, homem. Para que é que eu preciso da broca? Dá-me mas é a garrafa.

Gago

Desculpa. Também é da emoção. (*Dando-lhe a garrafa.*)

Sacadura

À tua, meu velho Gago Coutinho. À tua saúde, aos teus êxitos científicos, aos teus amores... (*Bebendo.*)

GAGO

Chega. Chega. Passa-me outra vez a garrafa.

SACADURA

O avião tem de ficar mais leve… Para podermos amarar em beleza, como uma gaivota, deita-se fora tudo o que não presta. Essa broca, por exemplo. (*Lançando a broca do hidroavião.*) E toma a garrafa.

GAGO

(*Ficando com a garrafa.*) Já não ta dou de volta.

SACADURA

Não faças isso. Dá-me um gole de vinho, ó Gago Coutinho. Um gole de vinho, ó Gago Coutinho. Um gole de vinho, ó Gago Coutinho…

Som em eco a decrescer. Iluminação também.

Cena 8

Sobre o mar, numa "gaivota" de pedais, lado a lado, Dr. Hélio e Patacho. Ruído, ao fundo, de hidroavião a passar.

Hélio

(*Agarrando a cabeça.*) Ai que me partiram a cabeça.

Patacho

Com quê? (*Dando com a broca e atônito.*) Ó... ó... ó... meu ex-major (*ri*).

HÉLIO

Atiraram-me, não sei donde, com uma coisa à cabeça e tu ainda ris, imbecil?!

PATACHO

(*Excitado.*) É... é... é que esta broca era nossa. Eu conheço-a. Esqueci-me dela, daquela vez, lá em Lisboa, em que nós...

HÉLIO

Pedala e cala. Pedala e cala.

PATACHO

(*Desesperado.*) Não tenho feito outra coisa, desde o princípio.

HÉLIO

Continua a pedalar que já vejo terra. Uma praia. E indígenas à nossa espera. Estão a aclamar-nos. Ouves?

Sambinha a aproximar-se.

PATACHO

Já nem para ouvir tenho forças. Cãibras. Enjoos... Eu não merecia isto.

HÉLIO

(*Exultante.*) Estamos a chegar. Estamos a chegar. Vitória. Vitória.

Praia com banhistas.

PATACHO

(*Queixoso.*) Morreu a vaquinha Vitória e acabou-se a história.

HÉLIO

(*Levantando-se e discursando.*) Bom povo desta terra. Meus amigos. Tal como Pedro Álvares Cabral, voltei a descobrir o Brasil, mas desta feita num veículo da minha invenção: o pedalómetro Hélio Dantas, que desliza pelo mar como uma gaivota.

Banhistas vêm ao seu encontro.

VOZES

(*Em sotaque brasileiro.*)
Trazem correntes nos pés.
São prisioneiros fugidos.
Vêm da ilha-prisão Fernando Noronha.
Pobres coitados.
É melhor chamar um policial.
Chama nada. Deixa ir eles.
Os caras podem ser perigosos.
São coisa nenhuma. É só miséria.

HÉLIO

(*Discursivo.*) Brasileiras. Brasileiros. Meu povo irmão. Acabo de fazer uma travessia histórica, Atlântico fora, até alcançar esta boa terra brasileira.

Chega um polícia brasileiro, apitando.

POLÍCIA

Em nome da lei, estão presos.

Ruído do hidroavião mais próximo. Todas as atenções se viram para o céu.

VOZES

(*Em sotaque brasileiro.*)
Chegaram os heróis do ar.
Gago Cabral e Sacadura Coutinho.
Você está marado. É Gago Coutinho e Sacadura Cabral.
Vivam eles!

As atenções desviam-se. Dr. Hélio e Patacho aproveitam para fugirem, em sentido contrário. Vão aos saltinhos, arrastando a corrente.

HÉLIO

Dá à perna, idiota.

Patacho

(*Numa lamúria.*) Não tenho feito outra coisa... Mas isto ainda há de acabar.

Dr. Hélio puxa por ele para fora de cena.

Atenção: *a sequência e ligação das duas últimas cenas estão em aberto (como tudo o mais na peça, aliás!), porque dependerão dos meios técnicos disponíveis*

Cena 9

Desce um telão com a reprodução das primeiras páginas dos principais jornais portugueses, com a notícia da chegada de Gago Coutinho e Sacadura Cabral ao Rio de Janeiro (17 de junho).

Sabe-se que a notícia caiu em cheio em plenos festejos dos santos populares. Portanto, faz sentido que a música alusiva da cena seja a das marchas populares lisboetas.

Rompem pela sala ardinas, gritando "Olhó Século", "Olhó Diário de Lisboa" *etc. Os ardinas distribuem pelo público* fac-similados *das primeiras páginas dos principais jornais portugueses, que deram, todos eles, relevo de página inteira e graficamente ornamentada ao acontecimento. Essa distribuição pelo público das páginas dos jornais é também uma evocação das cópias das velhas revistas e operetas, folhas volantes oferecidas ao público pelos atores, no final dos espectáculos populares musicados.*

Os ardinas cantam, com música de marchas populares lisboetas, estas quadras, recolhidas na época.

Ardina 1

É pau,
é pau e é baril.
Os nossos aviadores
já chegaram ao Brasil.

Ardina 2

Olha o balão!
Olha o balãozinho!
Viva o Sacadura
mais o Gago que é Coutinho.

ARDINA 3

Meu amor vem de avião,
voa, voa de mansinho,
plana, desce nos meus braços
como o Cabral e o Coutinho.

ARDINA 4

Viva o Gago Coutinho
e o Sacadura Cabral.
Viva o Brasil.
Viva Portugal.

A música dos santos populares vai-se gradualmente transfigurando em música de samba, preparando a apoteose final, que decorrerá no espaço brasileiro. Pretende-se alcançar uma simbiose lusotropicalista (santos populares lisboetas/Carnaval do Rio de Janeiro).

Cena 10

Como esta cena será trabalhada consoante os meios disponíveis limito-me a imaginá-la do seguinte modo:

Subirá o telão da cena anterior e ao ritmo de samba bem batido aparecerá, de frente, um carro alegórico do Carnaval brasileiro, tendo como figuras centrais Gago Coutinho e Sacadura Cabral.

Todas as personagens da peça, marionetas (Netuno etc.) e humanos, aparecerão em cena, assim como todas as máquinas de cena (Passarolo, hidroavião etc.) utilizadas na peça.

Simulação de fogo de artifício feérico.

Em princípio, não prevejo situações dialogais para a cena.

Admito que Dr. Hélio e Patacho, ambos ainda acorrentados e em contínuo conflito um com o outro, fujam do palco e da apoteose final, correndo pela plateia fora.

FIM

Livros de teatro para crianças e jovens do autor

O adorável homem das neves (1984) • Zaca Zaca (1987) • Toca e foge ou a flauta sem mágica (1992) • Teatro às três pancadas (1995) • Donzela guerreira (1996) • Doze de Inglaterra seguido de O guarda--vento (2000) • Verdes são os campos (2002) • O homem sem sombra (2005) • Salta para o saco (2006) • Era uma vez quatro (2007) • Xerazade não está só (2008) • O mistério da cidade de Hic-Hec-Hoc (2008) • Romeu loves Julieta (2009)

Copyright © 2015 António Torrado

Publicado por acordo com Editorial Caminho.

Editora
Renata Farhat Borges

Editora-assistente
Lilian Scutti

Produção gráfica
Carla Arbex

Assistente editorial
Hugo Reis

Consultoria literária, prefácio e glossário
Susana Ventura

Capa
Márcio Koprowski

Revisão
Laura Moreira

MISTO
Papel produzido a partir
de fontes responsáveis
FSC® C106952

Dados Internacionais de Catalogação na Publicação (CIP)
Angélica Ilacqua CRB-8/7057

Torrado, António, 1939–
　Atirem-se ao ar! : o que nunca ninguém contou de uma viagem histórica / António Torrado. São Paulo : Peirópolis, 2015.
　184 p.

ISBN: 978-85-7596-369-2 / 978-85-7596-535-1 (ePub)

1. Literatura portuguesa 2. Teatro português 3. Literatura infantojuvenil 4. Relações internacionais – Brasil – Portugal 5. Aviação – História I. Título

15-0342　　　　　　　　　　　　　　　　　　　　CDD 869

Índice para catálogo sistemático:
　1. Literatura portuguesa

Editado conforme o Acordo Ortográfico da Língua Portuguesa de 1990.
1ª edição em papel, 2020

Editora Peirópolis Ltda. | Rua Girassol, 310F | Vila Madalena | 05433-000 | São Paulo/SP
Tel.: (11) 3816-0699 | vendas@editorapeiropolis.com.br | www.editorapeiropolis.com.br

MISSÃO

Contribuir para a construção de um mundo mais solidário, justo e harmônico, publicando literatura que ofereça novas perspectivas para a compreensão do ser humano e do seu papel no planeta.

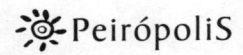

☼ PeirópoliS

A gente publica o que gosta de ler:
livros que transformam.